LE NOUVEAU
ROMAN DE LA ROSE.

Les Sylphides du Soleil. — Mélancolie.

PAR

C.-A. BREYNAT.

PARIS,

ÉBRARD, LIBRAIRE-ÉDITEUR,

RUE DES MATHURINS-SAINT-JACQUES, 24.

—

1838.

LE NOUVEAU

ROMAN DE LA ROSE.

Sceaux. — Imprimerie de E. Dépée

LE NOUVEAU
ROMAN DE LA ROSE.

Les Sylphides du Soleil. — Mélancolie.

PAR

C.-A. BREYNAT.

PARIS,

EBRARD, LIBRAIRE-ÉDITEUR,

RUE DES MATHURINS-SAINT-JACQUES, 24.

1838.

PRÉFACE.

Vous me quittez, hélas! où volez-vous, mes anges?
Oh! si le vent hostile aux célestes phalanges,
Ce vent qui fronde au loin, disséminant vos chœurs,
Vous livrait, isolés, à cent zéphirs moqueurs!

Mais il est, pour pousser vers les sublimes plaines,
Des Eurus bienfaisans, aux puissantes haleines;
Mort, on pourrait revivre en leur sein chaleureux;
Enfans! alliez-vous à ces vents généreux.

Claire, ma fiancée, Anémone, Zéïde,
Mélancolie, ô Muse! en ronde unissez-vous.
Volez, puisqu'il le faut, dans l'espace, sans guide;
Et puissiez-vous planer sur l'orage en courroux.

O mes enfans ! adieu. Vierge qui les fis naitre,
Adieu !... quand vous serez loin, bien loin, jamais las,
Qu'une longue harmonie au moins fasse connaître
Que la Muse toujours est avec vous..... hélas !

Par toi, vierge du ciel, mon âme caressée,
Goûtant avec amour tes secrètes beautés,
N'a pas assez souvent isolé la pensée
Des délices des sens, des lourdes voluptés.

Fruits d'un tel hyménée, essaim qui fuis, qui voles,
Enfans légers, rieurs, créations frivoles,
Mes anges ! oubliez un auteur peu dévot,
Que votre mission vienne toute d'en haut.

Sur vos ailes d'azur, ô mes petits génies,
Ne portez qu'amour chaste et longues harmonies,
Et que ce qui vous vient des sublimes hauteurs
Soit seul versé, par vous, dans l'esprit des lecteurs.

LE

ROMAN DE LA ROSE.

I

PRELUDE.

Rose et poésie,

A part vous tenir,

C'est une hérésie ;

J'ai la fantaisie

De vous réunir.

Qu'un lai vous resserre ;

N'êtes-vous pas sœurs,

Et, l'une sur terre,

L'autre où l'esprit erre,

Deux reines des fleurs ?

Sur tes flots d'arôme,

Rose, amène-moi,

Du vague royaume,

La Muse du psaume,

Veuve du saint Roi.

Je chante, je chante

Ton charme puissant !

Et pourtant, méchante,

Pour toi qui m'enchante,

J'ai versé mon sang.

Du sang ! qui s'alarme

Pour cette liqueur,

Quand, pour une larme,

On savoure un charme

Dont vivrait le cœur !

Vit-on par cette onde ?

Non, en vérité :

Où la vie abonde,

Ce qui nous féconde,

C'est la volupté.

Car jouir, c'est vivre,

C'est là l'homme en fleurs.

Voit-on que Dieu livre,

A l'éternel givre,

L'arbre sans couleurs !

La sève qui coule

Doit fleurir au jour ;

Bien sot qui refoule

Le torrent qui roule

Des ondes d'amour.

Un festin splendide,

Où l'Amour vainqueur,

Où Bacchus perfide,

Pour combler le vide,

Se liguent en chœur ;

Aux plaines désertes

Voir un frais séjour ;

Aux Oasis vertes

Reposer inertes

Ses forces un jour ;

Après la tourmente

Sur l'onde en courroux,

La famille aimante,

La voix d'une amante,

C'est bon et c'est doux :

Mais, et ton arôme,

Et ton velouté

Où le bonheur chôme

Comme au bleu royaume,

Et ta majesté ;

Et de tes pétales

Le trésor sans fin,

Que tu les étales

Soit roses, soit pâles,

C'est doux, c'est divin.

14

D'où te vient l'haleine
Suave en son vol?
Est-ce là, ma reine,
Odeur qu'en sa veine
Recèle le sol?

Est-ce pour ta nue,
Qui fait tort au miel,
Patrie inconnue,
Quand elle est venue
Aux portes du ciel?

Hors du saint royaume
Ton flot fut jeté;
Car cela sent comme
L'essence de l'homme :
La Divinité.

Rose, ta belle âme,

Esprit de senteur,

Trop tôt pour ma flamme,

Vole où la réclame

Notre Créateur.

Qu'un hymen rassemble

Nos deux flots d'amour ;

Serait doux, me semble,

De revoir ensemble

La céleste cour.

Ton esprit encense

En montant vers Dieu ;

A moi, mon essence

Adore et s'élance

Vers le même lieu.

Chère destinée,

Si le divin luth

Scellait l'hyménée,

Quand l'âme, entraînée,

Dit : mon Dieu, salut !

Rose, sans rivale,

Sois reine toujours ;

Ah ! que ton pétale

Soit pourpre ou soit pâle,

C'est toi mes amours.

Mais dans tes nuances,

Fleur de volupté,

Quelles influences

Ont fait ces dépenses

De variété ?

II

Ainsi, couché sous l'arbre à la voûte fleurie,

Je chantais, et mon hymne en une rêverie,

Par degré, s'était affaissé.

C'est que Juin s'inondait d'une ardente lumière,

C'est que l'ombre était douce à clore ma paupière...

Alors des Esprits ont passé.

L'un, subtil et fluide, et d'une allure folle,

Traversait ma pensée en guise de parole ;

L'autre, visible et moins disert,

Joli, faisait la moue, ou bien, laid, la grimace ;

Plusieurs se prélassaient en leur burlesque masse...

Et puis, tout me parut désert.

18

Et, comme j'admirais l'aventure inouïe

Et l'art avec lequel s'était évanouie

    Cette scène d'esprits follets ;

Tout à coup une voix, il m'a semblé, m'éveille,

Et me vient raconter, ainsi qu'une merveille,

    Ceci, que j'ai mis en couplets.

III

Un jour, en la saison qui précède l'Automne,

Lilas, heureux berger, et la jeune Anémone,

    Tous deux beaux et pleins de désirs,

Pour les bosquets laissant des champs l'étroite route,

Ecart où, par mégarde, ils tombèrent sans doute,

    Promenaient de brûlans loisirs.

Un superbe rosier, haut sur sa noble tige,

De mille blanches fleurs leur offrit le prestige

    Joli, somptueux, enivrant.

Là, des bois d'alentour l'agréable mystère,

Leur voûte, le gazon qui tapissait la terre,

    Oh! là tout était attirant.

Or, il faudrait avoir l'âme plus qu'endormie,

Pour ne pas deviner, seul avec son amie,

    De l'Amour sous un tel berceau.

Anémone et Lilas dont vive était la flamme,

Pressentirent le dieu par tous les yeux de l'âme;

    Ils s'assirent sous l'arbrisseau.

Une vierge! au-dessus, un dais de blanches roses!!...

En tout lieu, de tout temps, ce furent là des choses

Qui firent rêver à l'hymen ;

Sous le voile on devine un bien que l'Amour cueille,

Et l'on voit dans la fleur un trésor qu'on effeuille :

Notre amoureux y mit la main.

En un instant le dieu qui n'aime qu'à s'ébattre

Se vit vouer un temple où, sur l'autel d'albâtre,

S'allumait le sacré brasier.

L'holocauste rougit sous la flèche assassine,

Et les libations vinrent, à la racine,

Imbiber, chauffer le rosier.

Trois fois trois mois de joie et d'amour s'écoulèrent.

Un beau jour du printemps nos amoureux allèrent

Revoir l'arbrisseau confident.

O miracle ! jamais, mortel, pourras-tu croire

Ce prodige où l'Amour éternisa sa gloire !

Ho ! ho ! Sache-le cependant.

Le même rosier, blanc l'Été de l'autre année,

Avait pris les couleurs du fécond hyménée,

    Dont il avait bu le nectar.

Ce fut dès-lors qu'on vit des roses vraiment roses;

La chose n'arriva que par ces seules causes,

    Et ni plus tôt, et ni plus tard.

Et nos jeunes amans admiraient en silence.

Ils allaient, là-dessus, faire une conférence,

    Et, d'abord, ils s'étaient couchés ;

Lorsque du bois sortit, à la face mutine,

Avec son carquois d'or, près d'une aile argentine,

    Le dieu des plus jolis péchés.

Il s'approche, l'enfant qui féconde le monde ;

Comme il voit des amans la gène pudibonde :

Ne craignez rien, dit-il, c'est moi :

Oh ! je sais ce que c'est ; et, quand on m'est fidèle,

J'ai la discrétion pour ma règle éternelle.

Des amans moindre fut l'émoi.

Voyez ce beau rosier ; c'est par mon artifice

Qu'il a pris les couleurs de votre sacrifice ;

Qu'on me le consacre toujour.

L'enfant cueille une rose à peine épanouie,

A la bergère en fait la faveur inouie :

Tenez, c'est la rose d'amour.

Il la met sur son sein, l'enchanteur de Cythère....

C'est à présent qu'il faut, la face sur la terre,

Crier : ô miracle ! trois fois.

Cette fleur, sur le sein où Cupidon la couche,

Hâtée en ce doux lieu, s'épanouit, accouche,

Accouche ! entends bien et conçois ;

Accouche d'une fille !... et si belle, si belle,

Qu'elle aurait de Vénus rendu la cour rebelle,

   Cette jeune divinité.

L'Amour dit à Lilas : c'est ta fille, ô jeune homme !

Moi, son parrain, j'en fais une déesse et nomme

   Cette chère enfant..... Volupté !

Puis il la baise au front : et vous, sa jeune mère,

Vous qu'exempte mon art d'une heure bien amère,

   Sur vos lèvres gardez cela.

Par sa divine lèvre une autre fut saisie ;

Et depuis, un parfum de céleste ambroisie

   Fut l'air qu'Anémone exhala.

IV

Et la voix qui parlait, j'ai cessé de l'entendre ;

Et ce récit a mis quelque chose de tendre,

De plus amoureux dans mon cœur,

Et m'a rendu zélé pour la métamorphose ;

Et j'ai fêté des fleurs la plus belle, ma rose ;

J'ai chanté son charme vainqueur.

V

Belle rose

Fraîche éclose,

Ah ! tu charmes mes ennuis.

Ma charmante,

Sois l'amante

De mes jours et de mes nuits.

Tu parfumes,

Tu résumes

Et plaisirs et voluptés.

A tes charmes

Rend les armes

Tout un essaim de beautés.

Que n'ai-je aile

D'hirondelle !

Je braverais les autans,

Pour te suivre,

D'amour ivre,

D'un printemps en un printemps.

Qu'il ne passe,

Dans l'espace,

Rien de ton parfum si doux,

Qu'en sa route,

Je ne goûte

Ce bien dont je suis jaloux.

O ma Flore!

Verse encore

Des flots d'enivrans plaisirs;

Car mon âme

Qui se pâme

Est un monde de désirs.

Les coupoles

Où tu voles

Ont tant de félicités!

Mon cœur ample

T'ouvre un temple

Altéré de voluptés.

VI

Est-ce un prestige vain évoqué par Morphée!

Près de moi, bien jolie, une petite fée

Est assise, elle m'a souri.

Me vient-elle conter quelqu'histoire frivole ?

Combien je me trompai ! voici la parabole

Que me dit la belle Péri.

VII

Ce qu'il aimait, Milon, c'était une nature

Grande, sauvage, triste. Un mont dont la rupture

S'ouvre de la base au sommet,

Un torrent qui se fait des dents de roc pour mordre,

Tout ce qui s'appelait cataclysme, désordre,

Voilà ce que Milon aimait.

Ce qu'il aimait, Milon, c'était, pendant leur course,

A frapper l'aigle au ciel, ou, dans le ravin, l'ourse ;

Car Milon était un chasseur.

Partant, ce qu'il aimait, c'était sa flèche aiguë,

Pleine des mêmes dards une trousse exiguë,

    Et tendu, son arc agresseur.

Mais ce qu'il chérissait d'une amitié plus vive,

L'être qui sur un mot, d'une audace instinctive,

    A l'ennemi volait premier,

Son commensal content, pire que fût la chère,

Son féal, son ami, son défenseur, son frère,

    C'était, oh! c'était son limier.

Je me souviens qu'un jour, tant l'odorat est une

Faculté dont on prise en chasseur la fortune,

Il battit l'esclave Cliton ;

Or, qu'avait fait, pourtant, ce triste et pauvre diable?

Il avait, à son chien, servi, chose pendable,

Trop chaude une soupe au crouton !

Un jour... écoute comme on écoute un oracle ;

Ce que je vais narrer n'est rien moins qu'un miracle,

Qui, fait sur Milon, le surprit.

C'est fantastique, étrange et difficile à croire ;

C'est dire qu'il est bon d'en orner sa mémoire :

Écoute, et meuble ton esprit.

L'aube était pâle encor. Milon, beau, grand, robuste,

Couché sous un rosier, dormait près de l'arbuste,

Dais de blanches fleurs rehaussé.

Soudain, et jeune, et belle, et blonde, et blanche, et rose,

Et coquette, et divine, une dame s'expose

A son regard intéressé.

Quoi ! dit-elle au chasseur, pour détruire une bête,

Tu braves sur les monts le froid et la tempête,

Tu viens y devancer le jour !

De tels jeux te sont chers ! n'est-il pas d'autres proies

Dont la possession a de plus douces joies,

Et qu'on prend aux rets de l'amour ?

Un ours inoffensif est rêveur dans son antre,

Et dans les longs pensers où, sage, il se concentre,

Nul besoin ne vient le saisir

D'aller au nez de l'homme exhaler sa rancune,

Et vous, au misanthrope allez, sans cause aucune,

Pour le tuer !... Le beau plaisir !

Honneur au cerf ! il est si noble ! honneur à l'aigle !

Il est si roi là-haut !... Le chevreuil est espiègle,

Le chevreuil me plaira toujours.

Calme donc envers eux une fureur d'hyène.

Mais ce dont il faudra, surtout, qu'on se souvienne,

Entends-tu, c'est que j'aime l'ours.

L'ours est sauvage et triste, et c'est pour cette cause

Qu'en sa faveur je veux faire ici quelque chose.

Tiens, Milon, l'ours c'est presque toi,

Ou toi, c'est presque l'ours ; vois, dans ce précipice,

Vois un nuage blanc que pousse un vent propice ;

Veux-tu t'y lancer avec moi?

La proposition lui paraissant légère,

Milon sut opposer à la belle étrangère

Quelques bonnes raisons de poids.

Mais, la dame ayant fait avancer son nuage,

Ce fut un lit si doux, que l'amant le plus sage

Aurait fait le saut cette fois.

Milon le fit ; et comme il eut un doux partage,

Tu peux le croire sans admirer son courage,

L'abîme ne l'effraya plus.

Il était emporté vers un ciel de délice.

Sans mesurer, de l'œil, le divin précipice,

Il en sut le fond au surplus.

Enfin, après avoir, d'une course pareille,

Contemplé maint beau site, et vu mainte merveille,

Il fallut, hélas! s'éveiller.

Que vit-il, quand il fut ainsi déchu du vide?

Sans revoir la beauté qu'il cherchait, l'œil avide,

Il vit de quoi s'émerveiller.

Le rosier, près duquel il fit un si bon somme,

Devint jaune au moment où lui s'était fait homme;

De là l'arbuste aux jaunes fléurs.

Miracle ! cria-t-il, mot qu'il redit encore,

Quand il se vit humide. Était-ce que l'Aurore

Avait, sur lui, versé des pleurs ?

Des pleurs! des pleurs! des pleurs! va, beau chasseur de l'ourse,

Ne cherche pas si haut de ce torrent la source ;

L'Aurore eut pour toi mieux encor...

Depuis qu'en songe heureux il eut cet hyménée,

La fougue de Milon, vers la ville entraînée,

L'offrit sous un autre décor.

Et l'arc, et le carquois, et la flèche acérée

Qui fit pleuvoir du sang de la voûte azurée,

Tout, jusqu'au chien, fut délaissé,

Pour les riches habits, pour les femmes galantes,

Pour les banquets de nuit, pour les fêtes ballantes...

Jouir, ce fut le plus pressé.

Ce qu'il aima, Milon, ce fut une nature

Petite et gracieuse. Un mont dont la rupture

Jusqu'au sommet ne s'ouvre pas,

Un torrent sans murmure et guéable en son onde,

Un bocage sans ronce, et que l'Amour féconde,

Eurent, pour Milon, des appas.

VIII

J'embrassais la bonne Armide

Qui me tint ces propos doux ;

Mais sur l'arbuste jaloux

Ma main trouve un dard perfide.

Mes yeux ont revu le jour ;

Pour la fleur qui me parfume

Un saint zèle se rallume,

Et je chante avec amour.

IX

Rose bonne,

Viens et donne

A mon âme ta senteur ;

Qu'ingénue

Sur ta nue

Elle monte au Créateur.

Tu l'enlace,

L'âme passe

Sur ta couche de velour ;

C'est céleste,

Vierge leste

Qui joue avec un amour.

O ma belle,

Sur notre aile,

Vers les champs d'azur si doux,

Gais ensemble,

Que t'en semble,

Quand nous élèverons-nous..

Que nos âmes,

Nobles flammes,

Laissent, glorieux passans,

Émanées

Des traînées

Et d'harmonie et d'encens !

X

Et le jour s'inondait d'une ardente lumière,
Et l'ombre était si douce à clore ma paupière !...
O ciel ! est-ce un songe trompeur ?
Suis-je l'homme qui dort ou bien l'homme qui veille ?
Un palpable lutin me souffle dans l'oreille,
Et j'ai pu l'entendre sans peur !

XI

Le château de Saint-Hugue est non loin d'un village
Qui se couvre au printemps de dômes de feuillage,

Et qui porte le même nom.

Ce manoir, dès long-temps négligé par ses maîtres,

N'avait d'autre gardien, pour animer ses êtres,

    Que le vieux concierge Simon.

Il s'était écoulé ving-cinq ans, je parie,

Sans que Simon eut vu face de seigneurie,

    Quand, un jour, une lui tomba ;

C'était un héritier suivi de sa livrée.

Sans qu'on ait de sa fin connu la cause vraie,

    Ce jour-là Simon succomba.

Le comte de Saint-Hugue était grand, brun et pâle.

Quand un souris enflait de sa face l'ovale,

    Son œil brillait étrangement.

Il pouvait approcher de sa trentième année.

Plus d'une fille noble eût aimé l'hyménée,

    Allumé par un tel amant.

En ce temps-là fut bruit d'un hymen au village.

Madame Villerdot, vivant dans le veuvage,

    De son bon vouloir accordait

Claire, vierge aux yeux noirs, sa fille bien-aimée,

D'une telle union honnêtement charmée,

    A Claude Nicolas Sordet.

Or l'usage voulait que les serfs à leur maître,

Siégeant en son castel, allassent, pour soumettre

    De tels projets d'accouplement ;

Et la permission de rajeunir sa race,

Le seigneur bienveillant, avec assez de grâce,

    L'octroyait ordinairement.

Madame Villerdot, comme tu le présume,

Ne se révolta point contre cette coutume ;

Elle se rendit au castel ,

Sordet l'accompagnant avec sa fille Claire,

Et le comte entendit la supplique ordinaire

Des amans qui voulaient l'autel.

Qu'arriva-t-il? Ce qui leur arriva ?... minute.

Avant d'en dire plus, il faut que j'exécute,

Pour toi, ce croquis important :

Brune, jolie et riche en dons de la nature,

Svelte dans son corset, telle était la future.

Maintenant oye et sois content.

Le comte, hautement et presque avec colère,

A Sordet refusa la jeune et belle Claire ;

Disant qu'un bijou d'un tel prix,

Ce serait en ternir et le charme et le lustre

Que d'ainsi le livrer entre les mains d'un rustre.

Oui, le comte Hugue fut épris.

Non seulement il fut ce que je viens de dire,

Mais il brigua pour lui, sur Claire un doux empire,

En échange du nom d'époux.

Être la fiancée à monseigneur le comte !

Être sa belle-mère ! on y trouvait son compte ;

Sordet même fut moins jaloux.

On s'ébahit d'abord, et puis on se récrie

Sur l'honneur inouï que fait sa seigneurie.

Mais le comte insistant toujours,

(Sordet s'était enfui) la parole est donnée ;

La consécration de ce digne hyménée

Se célébrera dans huit jours.

Et cependant Sordet Nicolas se console.

Quant à Claire, jamais elle n'en fut bien folle :

Fallait-il pas qu'il eut rêvé,

Nicolas, pour prétendre à si gentil corsage !

Une dondon, voilà ce qu'il faut au village...

Mais le grand jour est arrivé.

Parmi les conviés l'époux seul était noble ;

Car les châteaux voisins le tinrent pour ignoble

De se mésallier ainsi.

Toutefois au village on fit un choix sortable

De chevaliers du cep, hommes constans à table,

En vertu de ce grade-ci.

Le cortège débouche et sort de la chaumine.

Par des sentiers fleuris, à pas lents, il chemine,

Les futurs allant au castel.

Là devra les instruire et les conjoindre ensuite,

Un certain chapelain qu'a le comte à sa suite ;

Et quel chapelain, ô mortel !

Or, le chemin suivi par cette noce gaie,

Avait, des deux côtés, de rosiers une haie :

Des pourpres, des jaunes, des blancs.

Claire, comme une vierge au jour où l'on l'immole,

Avait bien, sur son front, des fleurs blanches, symbole

D'un trésor prisé des galans.

Mais hélas ! ce bouquet désavoué par Flore,

D'une ouvrière main vrai bâtard inodore,

Sentait la gaze tout au plus.

Le sens affriandé, Claire doucement ose

Supplier son futur de cueillir une rose,

De celles dont lui vient le flux.

Sans hésiter du tout, étourdiment sans doute,

Le comte tend la main vers le bord de la route ;

Il a touché le blanc rosier…

C'est ici que l'histoire et trouble et bouleverse ;

Comme tu pourrais bien tomber à la renverse,

Accepte ma main pour dossier.

A peine le rosier est touché par le comte,

Il noircit en ses fleurs, à la vergogne et honte

Du plus malcontent des futurs ;

Et la rose qu'à peine il ose offrir encore,

Se couvre aussi de deuil, tellement déshonore

Le toucher de ses doigts impurs.

Tous ont vu le miracle, et tous, il les subjugue.

Les Villerdot, ma foi, de monsieur de Saint-Hugue,

Le ciel désavouant son vœu,

D'une façon fort propre à se faire comprendre,

Ne veulent plus du tout pour parent, ni pour gendre,

Ni pour cousin, ni pour neveu.

Et comme de travers déjà l'on le regarde,

Prudemment il s'esquive, évitant la nazarde

    Que l'on lui pourrait appuyer,

Ou quelque traitement encor moins agréable ;

Car si l'on ne l'a pas pris pour un méchant diable,

    On l'a du moins pris pour sorcier.

Du lion populaire ayant déçu la pâte,

Dans son manoir il court s'enfermer à la hâte,

    Bien défendu par de hauts murs...

Cependant, pour avoir touché la fleur damnée,

La vierge dût ainsi vouer sa destinée

    Au pouvoir des agens obscurs.

Fleur de deuil et d'amour, comme un puissant ministre,

La rose l'enchaîna sous un hymen sinistre.

Son cœur, hélas ! le lui dit bien ;

Une flamme y bondit qui brûla sans mélange,

Et qui fit, effrayé, s'envoler le bon ange

Qui fut naguère son gardien.

Désormais, impuissant son amour, une mère

Verra la vierge en proie à cette ligne amère

Qu'a tracée un noir talisman.

Ni les pleurs, ni les soins ne se feront entendre,

Et si ce jeune cœur ressent un élan tendre,

Toujours, c'est toujours vers l'aimant.

Comme, vers le ciel seul fuit la flamme d'un cierge,

Tous les pensers, les vœux, les rêves de la vierge

Seront pour son aimé toujour,

Qu'il soit homme ou démon ; et sa sollicitude

Ne permettra pas même à tant d'ingratitude

Quelque rare et pieux retour.

Madame Villerdot, juste il est de le dire,

Voyant bien que sa fille aimait jusqu'au délire,

Et, partant, craignant de sa part,

Pour s'en aller trouver le comte de Saint-Hugue,

Quelqu'inconsidérée entreprise de fugue,

L'entourait comme d'un rempart.

Depuis l'aube du jour jusques au crépuscule,

(Cela même devint quelquefois ridicule)

Elle vous la suivait partout.

Mais que fait, dis-moi donc, la surveillance extrême ;

Quand celle qu'on retient veut voir celui qu'elle aime ?

Oh ! cela ne fait rien du tout.

Quelle fut ta douleur, ô mère infortunée,

Quand de Claire tu vis la chambre abandonnée,

Un beau, mais un triste matin !

Mais ma clé doublement hier ferma ta porte,

Et j'ai fait mettre, en fer, une grille assez forte

A ta croisée, enfant mutin !

Elle dit, la maman pas assez assidue.

Mais sa plainte soudain s'arrête, suspendue

Par un aspect révélateur :

Le grillage de fer fut défait par la belle,

Près du mur un treillage a tenu lieu d'échelle...

Ah ! volons chez son tentateur !

Elle vole en effet ; et comme sa voix tonne,

Au village elle épand, ainsi qu'une lionne,

Et l'alarme et l'anxiété.

Sur ses pas on se presse, on se rue, on se foule ;

Mais elle, désignant le castel à la foule,

L'y guide avec autorité.

Telle on voit Amphytrite, une brume à la tête,

Diriger, sans relâche, au cap de la tempête

     Des flots géans et furibonds,

Telle on vit, se ruer sur le château du comte,

Madame Villerdot, avec sa tourbe prompte,

     Faisant de l'écume et des bonds.

A peine ils eurent vu la maison féodale,

Quelle fut leur surprise ? elle fut sans égale :

     Le portail en était ouvert,

La porte du logis était de même ouverte ;

Et, face d'habitant là ne s'étant offerte,

     Ils virent un manoir désert.

Mais ce dont s'irrita davantage la tourbe,

C'est qu'il n'était resté de monseigneur le fourbe

Rien qui put être partagé.

Car monsieur de Saint-Hugue, au moment de sa fuite,

Avait fait transporter les meubles à sa suite :

L'Enfer avait déménagé.

Cependant la recherche au manoir continue ;

Quand, comme de sous terre, une voix est venue,

Pleine d'un regret déchirant.

Des ombres quelques-uns dissipant les entraves,

Sont, armés de flambeaux, descendus dans les caves,

Et la foule avec eux s'y rend.

On s'avance, la voix faisant toujours sa plainte,

Vers l'endroit où l'écho la redit moins restreinte.

Enfin, au fond d'un corridor,

On voit (dès lors le bruit est plus proche) une salle

Où du jour, par le haut, vient une lueur pâle ;

On se donne un plus vif essor.

Ornée en de vieux temps avec magnificence,

Cette salle avait peu de restes d'élégance.

Quand on en eut touché le seuil,

Quel fut, sur un grabat qui, seul, semblait la scène,

Le spectacle odieux où se concentra, pleine,

Toute la puissance de l'œil ?

Madame Villerdot embrassant un cadavre !...

En proie à cet instinct qui devine et qui navre,

Instinct que je dis maternel,

Elle fut puissamment ici d'abord guidée ;

Elle y retrouva Claire, hélas ! dépossédée

Du souffle qu'on dit éternel.

On trouva Claire flasque, et personne ne doute

Qu'il ait de son pur sang bu la dernière goutte,

Ce comte à l'amour peu porté.

Puis, avec son enfer, avait fui le vampire ;

Car ce n'était, enfin il faut bien te le dire,

Pas autre chose en vérité.

Claire fut enterrée au sol du cimetière ;

Là, des bons villageois la multitude entière,

Sur son tertre vint se fléchir ;

Là, l'on vint transplanter l'arbuste aux brunes roses;

Le prêtre le bénit, et chanta plusieurs choses,

Mais il ne put pas le blanchir.

Et les filles du lieu, protégeant cet arbuste,

L'arrosèrent souvent, pour qu'ombreux et robuste,

A l'ombre vierge il plût toujour.

Car, de même qu'un lys qui penche son calice,

Claire de son frelon a subi le supplice,

Mais n'en a pas connu l'amour.

Un Vampire, vois-tu, c'est un damné qu'altère
Un souvenir de sang, un remords délétère,
    Encore vivant dans son cœur.
Il faut, pour endormir sa fureur vagabonde,
L'exhumer, et planter dans sa fressure immonde,
    D'une main ferme, un pieu vainqueur.

Venons à la morale. En dépit de mes cornes,
Quand elle est bien rimée et réduite en ces bornes
    Où la resserre un court couplet ;
Et quand elle a raison sans pourtant qu'elle ergote,
Quand elle est bien facile et nullement cagote,
    Alors la morale me plaît.

Sache donc la morale, afin que tu ne pèche :
L'Amour est un beau fleuve où l'on nage, où l'on pêche,

Où l'on jette son hameçon ;

Où quelque plaisir mord , il faut fixer sa place ;

Car on quitte souvent , alors qu'on se déplace ,

Un bon pour un mauvais poisson.

XII

Il a dit, le lutin ; et, le trouvant affable,

J'ai pu, sans me signer, écouter cette fable.

Soudain voici, du haut des airs,

Voici venir, ailée , une belle étrangère ;

Et son aspect a fait, d'une course légère ,

Fuir ce démon des plus diserts.

Que cette vierge est bien ! Je la connais, me semble.

Pourquoi fuir ? C'est qu'ils sont peut-être mal ensemble ;

Ainsi je parlais à part moi.

Et devers moi la vierge en souriant s'élance,

Et, m'entourant d'arôme, elle rompt le silence.

Oh ! ce fut bien un autre émoi !

XIII

Ma patrie est le ciel, et je suis sœur des anges :

Nous descendons ainsi des célestes phalanges ;

Quelquefois sur un rayon pur,

Échappé des splendeurs de la cour éternelle,

Et souvent, cette voie étant trop solennelle,

Sur nos longues ailes d'azur.

Et, Vierges, nous venons des sublimes royaumes,

Pour jouer sur les fleurs, pour les douer d'arômes,

Pour faire aimer le ciel, et pour...

Hélas! j'ai déjà vu qu'ici-bas l'on suppose

Toujours le plus beau nom à la plus laide chose :

J'ose à peine parler d'amour.

Mais avant que la vierge, ici-bas dépêchée,

Cueille, abeille céleste, en ton âme épanchée,

Une pure offrande de miel;

Avant que nous fassions, pour qu'il en naisse un ange,

Toi, saint, moi, parfumée, un agréable échange,

Écoute une histoire du ciel.

Quand le Maître eut banni les vieux anges rebelles,

Il vit le repentir chez leurs compagnes belles :

Il fut miséricordieux.

Cependant à l'offense il devait son partage :

Il fallut que chacune accomplît un message,

Loin de son trône radieux.

Sa voix ne tonne au ciel qu'alors qu'il faut confondre

Un univers trop vieux et qu'il veut le refondre :

Il n'ordonna pas, il voulut.

Le retentissement de son vouloir immense

Vint s'identifier, chez nous, la conscience,

Afin que chaque vierge y lût :

Loin de nos chœurs chéris, errantes, isolées,

Au séjour des humains nous serons exilées !...

Mais dans ce monde des douleurs,

A nous, anges, à nous, tout ce qu'il a d'aimable,

Tout ce qui porte en soi quelque joie ineffable :

Les belles âmes et les fleurs.

Sur nos âmes, eh bien, par un charme invisible,

Nous répandrons un peu de ce bonheur paisible,

Le vrai, le providentiel ;

Et sur nos fleurs, eh bien, là, par des flots d'arômes

Nous marquons notre règne ; est-ce pas dire aux hommes

Tous ces biens-là viennent du ciel !

Puis, ces gages un peu dévoilant ce mystère :

Qu'un doux commerce unit et le ciel et la terre ;

Quand, dans notre embaumé séjour,

Une pensée en Dieu s'envolera d'une âme,

A nous, élan sublime, à nous, ô chère flamme,

Nous vous recueillerons d'amour.

Et qu'alors la pensée à nos ferveurs se livre,

Elle sera l'esprit qui par nous devra vivre

Éternellement dans les cieux ;

Et nous irons là-haut rendre au jour le bel ange ;

Et l'enfant chantera, sainte âme, ta louange,

De son auteur non oublieux.

Et mon barde, à présent, interroge ton âme ;

Nul sentiment profond, confus ne m'y réclame,

Te suis-je un fantôme étranger ?

C'est moi qui te devance aux fleurs que ton cœur aime

Leur arôme est le mien, je le versai moi-même :

Volage, qui pensiez changer !

N'as-tu jamais aimé, n'aimes-tu pas encore

La beauté dont, trop rare, un songe se décore,

Pendant tes solitaires nuits ?

De la grâce du ciel tu la disais splendide ;

Et l'aurore venait qui, d'un souris perfide,

Te rendait à tes longs ennuis.

O barde ! livre-moi, nue et libre de choses,

Ton âme, et nous joûrons sur ma couche de roses ;

Elle , par de pieux essors ,

Moi, par maintes ferveurs, par des torrens d'arômes,

En ce suave hymen , nous deux , de nos royaumes

Nous échangerons les trésors !

XIV

Et ton chantre , ô ma rose , aux genoux de cet ange,

De peur de mettre un terme à cet hymen étrange ,

Retenait un élan pieux.

O douleur ! je m'éveille , et l'Esprit s'évapore ;

Mais, à ma belle vierge , épris , je crois encore ,

Et ce chant la recherche aux cieux.

XV

Belle parfumée

Qui descends du ciel

Sur la fleur aimée

De la mouche à miel ;

Qui, sur la corolle,

Couche de satin,

Viens t'ébattre molle,

Vierge d'un matin ;

Ange qui t'expose,

Si loin de ta cour,

A voir autre chose

Qu'un divin amour ;

Sous ton noble arbuste,

Vois-tu, sans effroi,

Un amour robuste,

Peu digne de toi ?

Oh ! pour toi, belle âme

Aux ailes d'azur,

Il faut une flamme

D'un élan plus pur.

Est-il quelque chose

De pieux en moi ?

Vierge de la rose,

Unis-le avec toi.

Remonte, ô ma belle,

Aux célestes champs,

Et prends sur ton aile

Mes vœux et mes chants.

Et qu'au bleu royaume,

On voie, en retour

De tes flots d'arôme,

Ces vagues d'amour.

Les Sylphides du soleil.

— BALLADE —

LA RONDE DES SYLPHIDES.

I

Nous aimons les plaines brûlantes ;

Là nous donnons bal et concert,

Et quand nous sommes haletantes,

Nous humons le vent du désert,

Contentes.

Dansons,

Légères;

Mes chères,

Causons.

Nous fuyons tout épais feuillage

Dont l'ombre nous remplit d'effroi.

N'est-ce pas? un profond bocage

Est un monde où l'on meurt de froid,

Je gage.

Dansons,

Légères;

Mes chères,

Causons.

Sur cet océan de verdure,

Le palmier s'élève transi :

Pourquoi percer la voûte obscure ?

C'est parce qu'il t'évite ainsi,

Froidure.

Dansons,

Légères ;

Mes chères ;

Causons.

Toujours dans nos courses légères,

Entraînant notre ami l'autan,

Accompagnons aux voûtes claires

Le soleil, notre beau Sultan,

Mes chères.

Dansons,

Légères;

Mes chères,

Causons.

Vous savez la jeune Zéïde,

La péri de nos sables chers.

S'est-elle unie à son perfide?

Demandez au vent des déserts

Rapide.

Dansons,

Légères;

Mes chères,

Causons.

Aujourd'hui si l'autan fidèle

Nous apporte un sable blafard,

Sentez ; peut-être de la belle

Vous aspirerez votre part ;

Oui, d'elle !

Dansons,

Légères ;

Mes chères,

Causons.

Vous savez la jeune Zéïde ?

Hier elle était pâle encor ;

Hier encor son œil avide

Interrogeait, sur la tour d'or,

Le vide.

Dansons,

Légères ;

Mes chères,

Causons.

Que Zéïde était ravissante,

Quand ses longs cheveux, brun trésor,

Pour son épaule éblouissante

Quittaient la gaze à bouquets d'or,

Brillante!

Dansons,

Légères ;

Mes chères,

Causons.

Quelle précaution cruelle,

Au sein des palais de saphirs,

Dans une oasis la recèle,

En butte à nos brûlans zéphyrs,

La belle?

Dansons,

Légères ;

Mes chères,

Causons.

C'est qu'à peine elle fut nommée,

Une péri prédit cela :

« Enfant ! tu mourras consumée ! »

Alors ici l'on l'exila,

L'aimée.

Dansons,

Légères ;

Mes chères,

Causons.

Et dans sa demeure royale,

De crainte que n'y prît le feu,

Tout fut saphir, tout fut opale.

En fut-elle, dites un peu,

Moins pâle ?

Dansons,

Légères ;

Mes chères,

Causons.

Là, quand l'Hiver accariâtre,

Au risque d'être en eau réduit,

Dans ces climats osa s'ébattre,

Elle ne vit point ce qui luit

Dans l'âtre.

Dansons,

Légères;

Mes chères,

Causons.

Par la soirée, et longue et brune,

Elle devait se contenter

Des étoiles et de la lune;

Lampe il n'était pour la tenter

Aucune.

Dansons,

Légères ;

Mes chères,

Causons.

Du feu l'on lui défendit même

De proférer l'odieux nom :

C'était péché, c'était blasphème....

Et pourtant, dites, la vit-on

Moins blême ?

Dansons,

Légères ;

Mes chères,

Causons.

81

Comme s'il n'était d'étincelle

Que celle qui part du foyer,

Ou de flamme ardente que celle

Qu'une lampe ou qu'un chandelier

Décelle !

Dansons,

Légères ;

Mes chères ,

Causons.

Or, elle a ses quinze ans, Zéïde.

Phœbé monte au ciel étoilé.

Elle dort sous un dais splendide.

Soudain, une voix a parlé,

Timide.

Dansons,

Légères;

Mes chères,

Causons.

— De grâce, ouvrez votre demeure

Au sylphe en la nuit égaré ;

Sinon, avant l'aube meilleure,

Il faudra, par le froid serré,

Qu'il meure !

Dansons,

Légères;

Mes chères,

Causons.

— Quelle est la voix qui me dérange ?

Dit-elle à notre jeune Roi ;

Qu'est-ce, un sylphe? — C'est moins qu'un ange,

Mais plus pur n'est pas , croyez-moi ,

  L'Archange.

  Dansons ,

   Légères ;

  Mes chères ,

  Causons.

Zéïde ouvre à cet hôte étrange :

Quoi! dit-il , point de braise ici !

L'autre qui dans son lit se range :

Oh ! que vous paraissez transi ,

  Mon ange !

Dansons,

Légères ;

Mes chères,

Causons.

Oh ! laissez-moi, petite reine,

A côté de vous me glisser.

Nulle chose, ma châtelaine,

Ne peut entre nous se passer,

Humaine.

Dansons,

Légères ;

Mes chères,

Causons.

Car, si de ma chaude nature

Je vous faisais subir l'hymen,

Un fruit pourrait, par aventure,

Vous préparer, fils inhumain,

Mort dure.

Dansons,

Légères;

Mes chères,

Causons.

C'est un ange, disait Zéïde,

Car il a des ailes d'azur;

Son front de noblesse est splendide,

Il est saint, son langage est pur,

Timide.

8

Dansons,

Légères ;

Mes chères.

Causons.

Et notre roi, sylphe modeste,

De la vierge a touché le lit ;

Et là, sans un penser trop leste,

Bien posément il s'établit,

J'atteste.

Dansons,

Légères ;

Mes chères,

Causons.

Oh! quelle chaleur se révèle!

Oh! que cela se fait aimer!

Il me semble, chose nouvelle,

Que c'est ce qu'on ne peut nommer,

Dit-elle.

Dansons,

Légères;

Mes chères,

Causons.

Ne faites pas, je vous engage,

Attention à ce feu-là;

Dormez, si c'est là votre usage.

Ainsi notre sylphe parla,

Bien sage.

Dansons,

Légères;

Mes chères,

Causons.

Lui, si sage, il nomme la chose !

Heureusement qu'il fait tout noir,

Car j'en ai la figure rose.....

Je n'ai plus sommeil, moi, ce soir. —

A cause ?.....

Dansons,

Légères;

Mes chères,

Causons.

A cause ? demande à sa reine

Le sylphe si sage d'abord.

Étrange devenait la scène ;

Un ange eût été fort, oui fort....

    En peine.

    Dansons ,

      Légères ;

      Mes chères ,

    Causons.

Ange, le désir qui m'éveille ,

Est que de ton beau paradis

Tu me racontes la merveille ;

Car vois-tu, si tu ne la dis ,

    Je veille.

Dansons,

Légères ;

Mes chères,

Causons.

Le paradis, ô ma charmante ,

Ensemble nous pourrions le voir.

Alors la vierge véhémente

Se rapproche, à ce doux espoir

Aimante.

Dansons,

Légères ;

Mes chères,

Causons.

91

Tu ferais voir ce lieu céleste,

O mon divin ange ! et par où ? —

Le sylphe faisant un doux geste.....

Devint un damné petit fou,

  Fort leste.

  Dansons,

  Légères ;

  Mes chères,

  Causons.

Voilà pourtant comme une espiègle,

En jetant l'huile sur le feu,

Peut faire abjurer toute règle,

Et faire d'un saint, par ce jeu,

  Un aigle.

Dansons,

Légères ;

Mes chères,

Causons.

Et le lendemain, dès l'Aurore,

Il s'envole le sylphe Roi ;

Il abandonne la pécore

Dont l'œil, plein de pleurs et d'émoi,

L'implore.

Dansons,

Légères ;

Mes chères,

Causons.

Dès ce jour un cercle noir cerne

L'œil brillant de notre péri ;

Zéïde, dont la lèvre est terne,

Porte un feu, dont elle a péri,

Interne.

Dansons,

Légères ;

Mes chères,

Causons.

Tous les jours, d'une ardeur étrange,

Elle monte sur la tour d'or.

A poste fixe elle s'y range,

Pour voir s'il ne vient point encor,

Son ange.

Dansons,

Légères ;

Mes chères,

Causons.

Vainement elle considère ;

Son monarque, il trône au soleil.

Dans cet astre qui nous éclaire

Il jouit d'un demi-sommeil,

Prospère.

Dansons,

Légères ;

Mes chères,

Causons.

95

Là des sylphides en grand nombre

Le charment sur leur harpe d'or,

Pour l'empêcher de rêver sombre ,

Ce qui plus nous effraie encor

Qu'une Ombre.

Dansons ,

Légères ;

Mes chères ,

Causons.

Moins trois mois s'écoule une année ;

Mes sœurs, hier c'était le jour ;

En proie à la douleur damnée,

Notre fleur plia sur sa tour,

Fanée.

Dansons,

Légères ;

Mes chères,

Causons.

De son sein, volant dans l'espace,

S'élance un sylphe radieux ;

D'un souris triste et plein de grâce

Elle le suit long-temps aux cieux,

Point lasse.

Dansons,

Légères,

Mes chères,

Causons.

Puis du désert se fit entendre

Le brûlant zéphyr, notre ami.

Il eut butin de femme à prendre ;

Qu'enleva-t-il encor parmi ?

Sa cendre !

Dansons ,

Légères ;

Mes chères ,

Causons.

Aujourd'hui si l'autan fidèle

Nous apporte un sable blafard ;

Sentez ; peut-être de la belle

Vous aspirerez votre part ;

Oui , d'elle !

Dansons,

Légères ;

Mes chères,

Causons.

Mélancolie.

— RÊVERIE D'UN BARDE SOLITAIRE. —

I

Pourquoi la repousser cette vierge rêveuse

       Dont les vagues douleurs

Savent faire vibrer la fibre harmonieuse

       D'où jaillissent les pleurs ?

Oh ! pourquoi l'éloigner cette vierge si bonne ?

Elle est toujours plaintive et bannit la gaîté ;

Mais quand l'Aurore agrée une vapeur d'automne,

Elle promet au jour plus de sérénité.

II

Règne, ô Mélancolie,

Sur mon âme à ton tour ;

Vierge triste et jolie,

Mon cœur t'aime d'amour.

Bel ange, avec ta palme,

Sur le barde enchanté,

Que tu répands de calme

Et de félicité !

Tu couvres de ton voile

Le génie humble, et lui

L'écarte, et son étoile

Plus brillante a relui.

Règne, ô Mélancolie !

Sur mon âme à ton tour ;

Vierge triste et jolie,
Mon cœur t'aime d'amour.

III

Que te faut-il, mon sauvage ?

La Nature sans partage

Te livre son sein tout nu.

Pourquoi se fait-elle rude ?

C'est pour, dans la solitude,

T'offrir un charme inconnu.

Vois, elle a sa blanche robe ;

Et c'est à qui se dérobe

A ses austères appas ;

Mais quand la Bise advenue,

Siffle dans la forêt nue,

Ceux-là ne l'entendent pas.

Ils n'entendent pas la brute ,

Quand, furibonde, elle flûte

Sur cinq cent mille pipeaux.

Avec leur musique maigre ,

Ils se font le cœur allègre ;

Que tes concerts sont plus beaux !

Entends comme elle s'emporte,

Comme elle jure à ta porte

Qui se plaint sur ses gonds forts.

Vaine, vaine sérénade,

Tu condamnes la Ménade

A tourbillonner dehors.

Entends-tu bien ? à cette heure

Elle rugit, elle pleure,

Jalouse de ton repos ;

Si , de ton seuil qui l'arrête ,

Elle envahit ta retraite ,

Elle y porte le cahos.

Barricade bien ton antre,

De peur que la folle n'entre,

N'éparpille ton foyer.

Hélas! la pauvre, elle veille ,

Tandis que toi , tu sommeille ;

Il ne faut pas la railler.

Entends donc cette musique ;

N'es-tu plus philharmonique?

N'as-tu plus ta harpe , alors ?

Allons , barde , de l'ensemble !

Et que l'atmosphère tremble

De sympathiqués accords.

VI

Oh ! l'aimable entretien de mon enchanteresse !

Habile à deviser sur tous les tons divers,

Elle empreint sa parole à l'enfant des déserts,

D'une sympathique rudesse.

Ange des pleurs divins, vierge, muse d'amour,

Je t'entends, je te vois, te comprends tour-à-tour.

V

Quand de la cour éternelle

Tu viens, déployant ton aile,

Messagère solennelle

De la Grâce du Très-Haut ;

N'es-tu pas triste, éplorée ?

Tant, chez nous, vierge éthérée,

Des soucis de l'Empyrée

C'est le regret qui prévaut !

Ne descends-tu pas, génie,

Suivi d'un flot d'harmonie,

Vague à ton essence unie,

Tendre élancement des cieux ?

Puisses-tu, vierge rêveuse,

Dans ta course aventureuse,

Trouver une âme pieuse !

Ah ! ce sont là de leurs vœux.

VI

Puis la lyre céleste accompagne les anges :

Un fleuve harmonieux de la sublime cour

S'élance au Créateur, et l'inonde d'amour,

Et redescend divin sur les saintes phalanges,

Déborde dans l'espace, et jusques dans nos cœurs,

Tu l'épands en rosée, ange humide de pleurs !

Hélas! la faible part de la divine ivresse,

Pénétrant dans notre âme, et l'enchante et l'affaisse.

VII

Notre âme est à l'étroit

Pour jouir de tes charmes;

Et de joie et d'alarmes,

C'est pour elle un surcroit,

Trop plein de larmes!

Ton étreinte vers Dieu,

L'exalte ambitieuse;

La chair impérieuse

La retient en son lieu,

Toute honteuse.

109

Oh ! fais que ma douleur,

Nuée harmonieuse

Remonte glorieuse

Jusqu'au céleste chœur,

    Toujours pieuse.

Mais, dis-moi, cette amour,

Ici peu fortunée,

Verra sa destinée

Couronnée, un beau jour,

    Par l'hyménée.

Oh ! quand ce cher flambeau,

Qui brûle en moi d'avance,

Comblera l'alliance,

Que ce jour sera beau !

    Douce espérance !

Notre âme est à l'étroit

Pour jouir de tes charmes,

Et de joie et d'alarmes

C'est pour elle un surcroît,

Trop plein de larmes !

FIN.

TABLE.